시를 쓴다는 것 ○

일러두기

1. 이 책은 谷川俊太郎, 『詩を書くということ』(東京: PHP研究所, 2014)를 번역한 것이다.

2. 원서는 일본방송협회(NHK)의 위성방송 채널(BS hi)에서 2010년 6월 24일에 방영된 프로그램 〈100년 인터뷰, 시인 다니카와 슌타로〉를 바탕으로 한 것이다.

3. 본문에 나오는 나이, 연도 등은 인터뷰 당시의 것이다.

시를
쓴다는
것

일상과
우주와 더불어

谷川俊太郎 다니카와 슌타로

조영렬 옮김

교유서가

차례

프롤로그 _006

1장 시와의 만남

시를 쓰기 시작했을 무렵 _026

시를 쓴다는 것 _031

독자를 의식했던 시 _034

시가 태어나는 순간 _041

의식 아래에 있는 말 _047

2장 시와 일상생활

라디오에 매혹되어 _056

시와 일상생활 _059

시인이란 무엇인지 되물었던 시기 _069

3장 의미와 무의미

시는 음악과 연애하고 있다 _104

입으로 소리 내어 읽기 _109

의미 이전의 세계 _111

언어는 자유롭지 않다 _118

'안다'는 것 _123

일흔여덟의 경지 _131

엄혹한 현실을 눈앞에 둔 시 _141

사람은 시정詩情을 찾는다 _149

100년 뒤의 세상에 보내는 메시지 _155

역자 후기 _156

세상 모르고

다니카와 슌타로

내 발끝이 점점 멀어 보인다
다섯 손가락이 듣지도 보지도 못한 다섯 명의 타인처럼
서먹서먹하게 다가온다

침대 옆에는 전화기가 있고 그것은 세상과 연결되어
있지만
이야기하고 싶은 사람은 없다
내 인생은 철들고 나서 어째선지
언제나 처리해야 할 일만 가득했고
세상살이 잡담 나누는 법을 아버지도 어머니도 가르
쳐주지 않았다

행갈이만을 의지해서 써온 지 40년
넌 대체 뭐냐고 물으면 시인이라 대답하는 게 제일 마음
편하다
그것도 묘하긴 하다
여자를 버렸을 때 나는 시인이었나
좋아하는 구운 감자를 먹고 있는 나는 시인인가
머리가 듬성듬성해진 나도 시인일까
그러한 중년 남자는 시인이 아니더라도 잔뜩 있다

나는 그저 언어라는 멋진 나비를 뒤쫓았던
세상 모르는 아이
그 세 살배기의 혼은
남에게 상처 입힌 것도 알아채지 못할 만큼 천진난만한 채
100을 향한다

시는
골계다

〰 **안녕하세요? 21세기를 맞아, 시대를 개척해온 이들의 목소리에 귀를 기울이고, 그 꿈과 생각에 다가서는 '100년 인터뷰'. 오늘은 귀여운 어린이들과 어머님들, 그리고 젊은이들 모두 모여서 시인 다니카와 슌타로 씨의 이야기를 함께 듣겠습니다. 다니카와 씨, 어서 오십시오.**

잘 부탁드립니다.

≋ **다니카와 씨 하면, 티셔츠에 청바지 같은 캐주얼한 스타일이 떠오르는데요.**

너무 격식을 차린 옷차림은 몸에 안 좋다는 느낌이 들어서, 가능하면 그렇게 입지 않으려고 합니다. 젊었을 때는 넥타이도 매고 양복을 입었던 시절도 있었지요.

≋ **그렇군요. 그건 그렇고, 일흔여덟 살이라고는 믿을 수 없는 이 단단한 모습, 군살 하나 없지 않습니까. 무슨 운동이라도 하십니까?**

전혀 하지 않아요. 몸에 나쁘잖아요, 운동이라는 게.(웃음) 운동을 하다보면 자칫 다치기도 하지 않나요?

≋ **그래도 건강을 유지하는 나름의 비법 같은 건 있으시죠?**

10년쯤 전부터 몸에 신경을 좀 써야지 싶어서 호흡법을 조금 하고 있습니다. 되도록 빨리 들이쉬고 천천히 내쉬는 게 전부이긴 한데요. 내쉬는 것에서 시작해야지, 들이쉬는 것에서 시작하면 안 됩니다.

그걸 매일 아침 하면 몸 상태가 좋아지는 느낌이 들고, 왠지 머리가 맑아지는 느낌이 들거든요. 호흡법 덕에 산소가 머리에 공급되어서 그러겠죠.

※ **그 호흡법을 시작하신 데는 뭔가 계기가 있었습니까?**

아들애가 동년배 친구들과 음악 유닛을 만들었는데요, 제가 거기에 시로 동참하게 되었습니다. 아무튼 여기저기 다닐 일이 많아서, 몸을 잘 챙기지 못해 갑자기 쓰러지기라도 하면 큰 폐가 되지 않겠습니까.

※ **그렇군요. 건강이 나빠진 적은 없습니까?**

현재로서는 그렇게 큰 병은 없으니까 그런대로 괜찮은

것 같아요. 그리고 지금도 건강한 것은 거의 유전이 아닌가 싶습니다. 우리 아버지는 아흔네 살까지 사셨으니까요.

≋ 오늘은 다니카와 씨가 쓰신 시를 본인에게 직접 낭송해달라는 부탁도 드리게 될 텐데요, 우선 저부터 부탁드려도 되겠습니까? 여러분도 알고 계시는 시라고 생각합니다만, 「캇파」의 낭송을 부탁드립니다.

캇파

캇파캇파랏타
캇파랏파캇파랏타
톳테칫테타

칸파낫파칸타

칸파낫파잇파칸타

칸테킷테쿳타*

● (역주) 발음이 비슷한 말들을 재치 있게 연결한 말놀이 시다. 내용을 산문적으로 풀어쓰면 '칸파가 나팔을 휘두르다 나팔을 불었다, 칸파가 푸성귀를 잔뜩 사서 잘라 먹었다' 정도 되겠다. 아래에 띄어쓰기를 하고 개별 단어 해석을 붙여둔다. '칸파'는 강·늪 등에서 살고 헤엄을 잘 치며 어린아이 모습을 하고 있다는, 일본인의 상상 속 동물이다.

칸파(河童) 칸파랏타(휘둘렀다, 들치기했다)
칸파 랏파(나팔) 칸파랏타(휘둘렀다)
톳테(잡았다) 칫테타(흩어졌다) (나팔소리의 형용인 듯하다)

칸파 낫파(푸성귀) 칸타(샀다)
칸파 낫파 잇파(잔뜩) 칸타
칸테(사서) 킷테(잘라) 쿳타(먹었다)

≋ 고맙습니다. 낭송은 그저 평범하게 읽기보다는 지금처럼 약간 변화를 주어서 읽어도 좋군요. 다양한 버전이 있을 수 있겠습니다.

누구나 다 알고 있을 것 같은 시를 낭송할 때는 평범하게 읽으면 재미가 없으니까, 읽는 법을 조금 바꿔보자 싶었습니다.

≋ 그렇군요. 그러면 다음에는 「타네」를 부탁드리겠습니다.

타네

네타네
우타타네
유메미타네

히다네

키에타네

샤쿠노타네

마타네

아시타네

쓰키요다네

나타네

마이타네

메가데타네 *

* (역주) 「캇파」와 마찬가지로 발음이 비슷한 말들을 재치 있게 연
결한 말놀이 시다. 제목 '타네'는 용언의 활용어미와 어조사가 결합
된 말로 볼 수도 있고, '씨앗'이라는 뜻의 명사로 볼 수도 있다(이 시
에서는 두 가지 용도로 다 쓰이고 있다). 내용을 산문적으로 풀어쓰
면, 1연은 '잠을 자다 꿈을 꾸었는데 노래를 했고, 불이 났고, 그것
들이 사라지는 꿈이었는데 매우 신경이 쓰인다', 2연은 '다음날 또
(꿈을 꾸었는데) 달밤에 손도끼, 눈알이 튀어나올 만큼 놀랐다' 정도
되겠다. 아래에 개별 단어 해석을 붙여둔다.

네타네(잤네)

우타타네(노래했네)

유메미타네(꿈을 꾸었네)

히다네(불이네)

키에타네(사라졌네)

샤쿠노타네(짜증의 씨앗이네)

마타네(다시네)

아시타네(다음날이네)

쓰키요다네(달밤이네)

나타네(손도끼네)

마이타네(곤란하네)

메가데타네(눈알이 나오네)

이건 노래로도 만들어졌지요. 사실 노래로 듣는 게 더 낫습니다.

〰 **고맙습니다. 그런데 시를 묵독하는 것과, 관객 앞에서 낭송하는 것은 뭔가 다르게 느껴집니까?**

청중이 있으면 제가 에너지를 받기 때문에 전혀 다르지요. 낭송은 재미있기도 하고, 우리한테도 큰 도움이 됩니다. 낭송은 재미있으면 박수를 치고 재미가 없으면 모두 나가버리니까요. 활자라면 금방 반응이 오지 않고, 이따금 독자 카드가 온다 하더라도 '좋았다'는 따위 말이 적혀 있을 뿐이지만, 낭송의 경우에는 금방 반응을 알 수 있습니다.

※ 오늘도 꼬마 아이들이 몸을 앞으로 잔뜩 기울이거나 움직이는 반응이 느껴지는군요.

기쁜 일이지요.

※ 다음의 시 또한 재미있는 세계입니다.

이건 교육상 조금 문제가 있다고 해서, 전에는 교과서 부독본에 실리지 못했던 시입니다. (웃음)

시를 쓴다는 것

바카

하카캇타
바카하카캇타
타카캇타

하카칸다
바카하카칸다
카타캇타

하가카케타
바카하가카케타
갓타가타

하카난데
바카하카나쿠낫타

난마이다*

* (역주) 이 시 또한 발음이 비슷한 말들을 재치 있게 연결한 말놀이 시다. 내용을 산문적으로 풀어쓰면 '바보가 박하사탕을 비싸게 샀는데, 깨물어먹으니 이가 부드득 갈릴 만큼 딱딱했는데, 사탕이라서 금세 없어졌다. 나무아미타불' 정도 되겠다. 아래에 띄어쓰기를 하고 개별 단어 해석을 붙여둔다.

바카(바보)

하카(박하) 캇타(샀다)
바카(바보) 하카(박하) 캇타(샀다)
타카캇타(비쌌다)

하카 칸다(깨물었다)
바카 하카 칸다
카타캇타(딱딱했다)

하가(이가) 카케타(갈렸다)
바카 하가 카케타
갓타가타(부드득부드득)

하카난데(박하니까)
바카 하카 나쿠낫타(없어졌다)
난마이다(나무아미타불)

≋ 어린아이들이 웃는 소리가 들립니다.

고맙습니다.

≋ 다음으로 부탁드리고 싶은 시는, 이 방송 스태프 중에서도
좋아하는 사람이 많고 저도 좋아하는 시인데요, 꼭 다니카
와 씨 목소리로 듣고 싶은 시 「산다」입니다. 부탁드리겠습
니다.

시를 쓴다는 것

산다

살아 있다는 것
지금 살아 있다는 것
그것은 목이 마르다는 것
나뭇잎 사이로 비치는 햇살이 눈부시다는 것
문득 어떤 멜로디를 떠올리는 것
재채기를 하는 것
당신 손을 잡는 것

살아 있다는 것
지금 살아 있다는 것
그것은 미니스커트
그것은 플라네타리움
그것은 요한 슈트라우스
그것은 피카소

그것은 알프스
모든 아름다운 것을 만나는 것
그리고 숨겨진 악을 주의 깊게 거부하는 것

살아 있다는 것
지금 살아 있다는 것
운다는 것
웃는다는 것
화낸다는 것
자유라는 것

살아 있다는 것
지금 살아 있다는 것
지금 멀리서 개가 짖는다는 것
지금 지구가 돌고 있다는 것
지금 어딘가에서 갓 태어난 아기가 울고 있다는 것
지금 어딘가에서 병사가 상처 입는다는 것

지금 그네가 흔들리고 있는 것
지금 이 순간이 지나가는 것

살아 있다는 것
지금 살아 있다는 것
새는 날갯짓한다는 것
바다는 일렁인다는 것
달팽이는 기어간다는 것
사람은 사랑한다는 것
당신 손의 온기
생명이라는 것

1장

시와의 만남

시를 쓰기 시작했을 무렵

〰 **다니카와 씨가 시를 쓰기 시작하신 지도 벌써 60년이 넘는 군요……**.

눈 깜빡할 사이구나 싶기도 하고, 길구나 생각하면 꽤 길기도 하고 그렇습니다. 시를 쓰기 시작했을 무렵의 친구가 돌아가거나, 그 당시 젊고 아름다웠던 여성이 할머니가 된 걸 보면 역시 길다는 생각이 듭니다.

〰 **열일곱 살 무렵부터 쓰기 시작하셨는데, 열일곱 살이면 감성이 풍부한 시절이지요?**

그렇습니다. 하지만 저는 시를 쓰고 싶어하지도 않았고, 시인이 되고 싶어하지도 않았습니다. 그럭저럭 진공관 라디오 만드는 걸 좋아해서, 납땜을 해가며 라디오를 만들었습니다. 그런데 고등학교 동급생 중에 시를 좋아하는 녀석이 있었어요. 그 녀석이 쓴 시를 저는 아주 좋아했지요. 한번은 그 녀석이 '잡지를 내려고 하는데 시 좀 써줄래' 하면서 꼬드기는 거예요. 그래서 써보니까, 어찌어찌 시 비슷한 것을 쓸 수 있길래 재미가 붙어서 계속했다……, 그런 느낌이었습니다.

〰 **이게 그 시절의 사진입니까? 훈남이군요, 아주.**

그게 말이지요, 젊었을 때는 그걸 몰랐습니다. 지금 보면 꽤 훈남인데 그땐 왜 몰랐을까, 아까워라, 뭐 그런 기분이 들긴 합니다.

〰 뭐가 아까우셨는지는 모르겠지만, 그러면 꼭 되고 싶어서 된 것은 아닌 시인의 세계, 그만두자고 마음먹은 적은 없습니까?

그게 처음부터 돈 문제가 끼어 있어서.(웃음) 저는 대학에 가는 게 싫어서 그냥 집에서 빈둥거리고 있었거든요. 젊은 사람은 모두 그렇다고 생각합니다만, 어떻게 밥을 먹느냐 하는 게 제일 큰 문제 아니겠습니까. 달리 재능도 없었고요. 아무튼 뭔가 쓰고는 있었고, 쓰는 것 말고 할 수 있는 게 없으니까, 쓰는 걸로 어떻게든 생활비라는 놈을 착실히 벌어보자 하는 마음이 제일 강했습니다.
참고서나 좋아하는 시집 몇 권을 읽고 있었습니다만, 스승이 있었던 것도 아니고, 그런 의미에서의 노하우 같은 것도 없었습니다.

열일곱 살 무렵부터 시를 쓰기 시작해서 스물한 살에 첫 시집 『20억 광년의 고독』을 발표했다.

저는 대학에 가는 게 싫어서 그냥 집에서 빈둥거리고
있었거든요. 젊은 사람은 모두 그렇다고 생각합니다만,
어떻게 밥을 먹느냐 하는 게 제일 큰 문제 아니겠습니까.
달리 재능도 없었고요. 아무튼 뭔가 쓰고는 있었고,
쓰는 것 말고 할 수 있는 게 없으니까,
쓰는 걸로 어떻게든 생활비라는 놈을 착실히 벌어보자 하는
마음이 제일 강했습니다.

시를 쓴다는 것

> ※ 학창 시절에 읽었던 이시카와 다쿠보쿠나 다른 시인의 작품은 생활고라든지 혼자서는 어찌할 수 없는 속마음을 언어로 표출한다는 생각이 들었습니다만……

저는 비교적 풍족하게 자란 편이라서 고생은 그다지 안 했습니다. 그래서 세상에 대한 불만이라든지 반항하고 싶은 마음이 별로 없었지요. 모두 좌익으로 가거나 했습니다만, 저는 그쪽으로는 아예 가지 않았고, 젊은 시절에는 '세상은 멋진 곳'이라고 생각하고 있었던 것 같아요.

저는 외아들이었는데, 엄마를 무척 따랐습니다. 당시에는 몰랐지만 이제 와서 돌아보면, 어머니에게 사랑을 듬뿍 받았던 경험이 저를 지배하고 있다는 생각이 듭니다. 세상을 매우 긍정적으로 대한 것은 역시 어머니의 사랑 덕분이 아니었나 싶습니다.

제가 대학에 가지 않았어도 부모님은 별 잔소리 없이 비교적 하고 싶은 대로 하게 해주셨어요.

≈ **아버님은 철학자이자 호세이 대학의 총장이기도 하셨는데**
　　…….

어떡하든 대학에 꼭 가라는 말씀은 하시지 않았어요.

다만 '대학에 가면 친구가 생기잖니. 그리고 어학 공부도 대학에 가서 하는 게 좋아', 이런 말씀은 하셨습니다.

　　　　　　　　　　　　　　　　　시를 쓴다는 것

거실에 걸려 있는 아버지 데쓰조 씨와 어머니 다키코 씨의 사진.

독자를 의식했던 시

≋ 시인으로 출발했을 때부터 욕구불만이나 문제의식을 품고
있었던 것은 아니고, 시가 무언가에 대해 부딪치는 수단이
었던 것도 아니다. 그렇다면 적어도 자기를 표현하기 위해 시
를 쓴 것은 아니었다는 말씀인가요?

자기표현은 하고 있었다고 생각합니다만, 제 생각에는
나 자신이 다른 사람과 연결되길 바랐다, 사회 안에서 무

언가 역할을 맡고 싶다, 그것이 시로 이어졌으니까, 그런 마음이 강했지 않나 싶습니다. 그러다보니 자기를 표현하는 것보다는 어떻게 하면 자신이 다른 사람과 언어로 연결될 수 있을까를 생각했던 것 같습니다. 그래서 '재미있는 시를 쓰자. 아름다운 시를 쓰자', 그런 식으로 생각하고 있었다고 봅니다.

〰 **그러면 무언가 다른 사람을 의식하고, 다른 사람이 받아들일 것 같은 시를 쓰셨다는 말씀인가요?**

기본적으로 독자가 필요하다는 것은 젊은 시절부터 생각하고 있었습니다. 같은 세대 작가 중에 '독자 따위 필요 없어, 마음 가는 대로 쓰겠어' 하는 사람도 있었고, 물론 그런 입장도 일리가 있다고 생각하지만, 제 경우에는 독자가 없으면 원고료나 인세가 안 들어오니까요.(웃음)

〰 **그래서 이렇게 알기 쉬운 언어, 우리가 아는 다니카와 씨의**

세계가 이루어진 걸까요?

그것도 있겠지만, 저는 그렇게 어려운 걸 생각할 수 있는 사람이 아니에요. 세계의 의미라든지, 그런 것을 파고들어 생각하는 유형이 아니고, 뭔가 세상이 유쾌하다면 그것으로 좋다, 아름다우면 그것으로 좋다, 그런 유형이거든요. 그러니 철학자는 절대 될 수 없을 거라고 생각합니다.

≋ **독자가 기쁘게 받아들일 시를 쓴다는 말씀입니다만, 구체적으로 어떤 식으로 시를 쓰시는지요?**

시를 쓰기 시작했을 무렵부터 일본시의 세계라는 게 무척 좁게 느껴졌습니다. 그래서 그저 시 잡지에 기고하고 시집을 내는 데서 그칠 게 아니라, 다른 분야에서 제안이 오면 가능한 한 거기에 응하려고 했어요. 가령 라디오 드라마 대본을 쓰거나 노래 가사를 쓴다든지, 제가 할 수 있는 범위에서 자꾸자꾸 시 바깥으로 나간 겁니다. 그것은 뭐냐 하면 제 시를 받아들여주는 사람들의 범위를 넓히고 싶다는 마음에서였다고 생각합니다. 그러니까 그저 행갈이가 된, 활자로 인쇄된 시 형태만이 아니라, 이런저런 형태로 시라는 것이 사람들 사이에 확산돼나가기를 바랐던 것이지요.

≋ 다양한 곳에서 의뢰가 왔을 텐데요, 거기에 대응하는 것도 꽤 큰일이 아니었을까요? 아니면 그쪽이 더 쓰시기 쉬웠습니까?

비교적 운이 좋았다고 생각합니다만, 시가 상업적인 잡지에 실린 후로 슬슬 주문이 들어오기 시작했습니다. 주문에 응하다보니 일이 점점 늘었고요. 물론 제가 자발적으로 쓴 시도 있지만, 어느 사이엔가 완전히 주문생산이 되어 있었습니다. 그래도 그렇게 부담되는 일은 아니었습니다. 시니까요. 시라는 형태, 그 점에서는 똑같으니까.

예를 들어, '이 시는 세 살배기를 위해 써달라' 그러면, 제 안에 있는 세 살배기 어린아이의 마음으로 쓸 따름입니다.

지금은 고령화 사회이니, '이 시는 아흔 살 노인을 위해 써달라' 그런다 하더라도, 역시 제가 쓸 수밖에 없겠지요. 그렇게 간단히 바꿀 수는 없는지라, 주문생산이라 하더라도 그것이 하나의 틀처럼 되어서 도리어 쓰기 쉽다, 저는 줄곧 그렇게 생각해왔습니다.

가령 '열세 글자씩 스무 줄로 써달라', 이런 주문이 들어오면 무척 기쁩니다. 자유롭게 쓰려면 뭔가 걱정이 되어서……. 틀에 집어넣으면 시의 형태가 꽉 짜인 게 기뻤고 쓰기도 쉬웠습니다. 단가*나 하이쿠**도 그렇겠지요. 5·7·5·7·7. 시에도 어느 정도 형태를 요구하는 면이 있다고 봅니다.

● 5·7·5·7·7의 5구, 31음으로 이루어진 일본 시가. (역주)
●● 5·7·5의 17자로 된 짧은 시. (역주)

시를 쓴다는 것

제 생각에는 나 자신이 다른 사람과 연결되길 바랐다.

사회 안에서 무언가 역할을 맡고 싶다.

그것이 시로 이어졌으니까. 그런 마음이 강했지 않나 싶습니다.

그러다보니 자기를 표현하는 것보다는

어떻게 하면 자신이 다른 사람과 언어로 연결될 수 있을까를

생각했던 것 같습니다. 그래서 '재미있는 시를 쓰자.

아름다운 시를 쓰자', 그런 식으로 생각하고 있었다고 봅니다.

시가 태어나는 순간

〰️ **원고 의뢰를 받으면, 시가 금방 샘솟듯이 솟아나는 건가요?**

샘솟듯이(웃음)…… 샘솟듯이 솟아나지는 않습니다만
……. 실은 '내 안에 언어가 있다', 언제부턴가 그런 생각
은 하지 않게 되었습니다. 젊은 시절에는 생각도 하지 않
았지만, 그것은 언어…… 말을 의식하고 나서이지요. 제
안에 있는 언어가 매우 빈약하다는 생각을 하게 된 겁니

다. 어휘도 얼마 안 되고, 경험도 적다, 이런 게 아니고, 제 바깥에 있는 일본어를 생각하면 그것은 참 거대하고 엄청나게 풍부한 세계로구나 싶었던 거지요.

그것은 문학뿐만 아니라 일상적으로 떠드는 말에서도, 하여튼 '모든 일본어의 총체'라는 걸 떠올리면 참으로 정신이 아득해질 만큼 풍부하고 거대한 세계지요. 거기에서 말을 길어올리면 되지 않을까, 그런 식으로 생각을 한 겁니다. 그러니까 일종의 '편집적編集的인 의식'이랄까, 그런 게 나오더군요.

아까 낭송한 '캇파캇파랏타' 같은 표현은 제가 아무리 머리를 짜더라도 나오지 않았을 겁니다. 그 시는 '캇파'라는 이런저런 이야기도 있고, '캇파랏파낫파' 같은 재미있는 일본어가 있기 때문에, 그것을 잘 조합해서 세공품을 만들 듯이 만든 것입니다. 그러니까 그 시는 전혀 자기표현이 아니라고 할 수 있겠지요.

시를 쓴다는 것

≋ 그럼 머리에 솟아난 것을 잊어버리기 전에 즉시 써두시는 겁
   니까?

연필로 쓰던 시절에는 착실히 메모를 해두었습니다만,
벌써 20년쯤 전부터 워드프로세서에서 컴퓨터로 바뀌었
기 때문에, 그때부터는 키보드로 쳐둡니다.

하지만 그저 화면을 보고만 있다고 떠오르는 건 아니니
까, 바깥에서 슬쩍 보면 바보 같은 얼굴로 멍하니 있는
것처럼 보이지 않을까요?(웃음) 그러다 뭔가 툭 하고 나
와주면 고마운 거지요.

이 세상에 태어날 때 이성은 작동하지 않는 거잖아요.
'뭔가 잘 모르겠지만, 툭 하고 이런 말이 나왔네' 하는 느
낌이랄까. 아무튼 말이 나오면 화면으로 읽을 수 있으니
까, 객관적으로 '이건 재미난 표현이군', 아니면 '아, 이건
안 되겠다' 하고 판단할 수 있습니다. 그걸 되풀이하며
한 행 한 행 써내려간 적은 있었습니다. 지금은 별로 없
지만요.

"'내 안에 언어가 있다', 언제부턴가 그런 생각은 하지 않게 되었습니다."

∰ 문득 떠오를 때까지 기다리고 있는 다니카와 씨의 정신상태
랄까 정신작용은 어떤 느낌일까요?

저도 잘 알기 어려운데요. 선禪에 관한 책 같은 걸 읽어보
면, 좌선하고 있을 때와 비슷한 상태가 아닐까 싶습니다.

∰ 좌선은 무아의 경지, 잡념을 버린 세계이겠군요.

저도 뭔가를 쓰려고 할 때는 가능한 한 제 자신을 텅 비
우려고 합니다. 텅 비우면 말이 들어옵니다. 그러지 않고
내 안에 말이 있으면 자기도 모르게 판에 박은 표현으로
끌려가버리지만, 가능한 한 텅 비우면 생각지도 못한 말
이 들어온다, 그런 느낌입니다. 호흡법과 닮은 데가 있는
듯합니다, 아마도.

저도 뭔가를 쓰려고 할 때는 가능한 한

제 자신을 텅 비우려고 합니다.

텅 비우면 말이 들어옵니다.

그러지 않고 내 안에 말이 있으면

자기도 모르게 판에 박은 표현으로 끌려가버리지만.

가능한 한 텅 비우면 생각지도 못한 말이 들어온다,

그런 느낌입니다.

의식 아래에 있는 말

언제부터인지 모르겠습니다만, 말은 의식의 표면에 있는
말보다 의식 아래에 있는 말이 재미있다. 그쪽이 새롭다,
그런 생각이 듭니다.

≋ **의식 아래에 있는 말이란 곧 말이 되지 않은 말?**

그렇습니다, 혼돈 같은 것입니다. 그러나 그 혼돈 속에 온

갖 언어경험이 다 들어가 있다고 생각합니다. 자기가 직접 보고 듣는 언어경험뿐만 아니라 문학, 영화, 텔레비전 …… 그 모든 일본어 경험이 들어가 있고, 그 혼돈과도 같은 데서 자신의 의식이 아닌 어떤 것이 말을 골라주는 듯한 느낌입니다. 그러니까 '이런 말, 쓴 기억이 없는데' 하는 일이 흔히 생기고는 합니다.

▒ **바로 그런 언어이기 때문에 많은 사람이 읽고 '아, 이 말, 뭔가 몸에 쏙 들어온다' 하고 느끼는 거겠지요.**

이른바 '집단무의식'이라는 말이 있습니다만, 미야자와 겐지°도 '무의식無意識에 즉即하지 아니하면 말은 신용할 수 없다'고 했고, 나카하라 주야°°도 '명사 이전名辭以前' 같은 말을 했지요. 그러니까 시인이라는 것은 역시 흔히 유통되는 말보다 좀더 앞의 말이라고 해야 좋을지…… 말이 되어가고 있는 말에서 말을 찾아내는 그런 게 있지 않나 싶습니다.

언제부터인지 모르겠습니다만.

말은 의식의 표면에 있는 말보다 의식 아래에 있는 말이 재미있다,

그쪽이 새롭다. 그런 생각이 듭니다.

......

그 혼돈과도 같은 데서 자신의 의식이 아닌 어떤 것이

말을 골라주는 듯한 느낌입니다.

● 1896-1933. 일본의 시인, 동화작가. 시집 『봄과 수라』, 동화집 『주문이 많은 요리점』『은하철도의 밤』 등이 있다. (역주)

●● 1907-1937. 일본의 시인. 시집으로 『염소의 노래』『지난날의 노래』가 있다. (역주)

≋ **형태를 띤 말이 되기 전의 몽롱한 상태의 것, 그것이 조금 전에 말씀하신 '의식 아래에 있는 말'일까요? 다니카와 씨는 그것이 나오기를 가만히 기다리고 있다⋯⋯.**

의미가 되려 하고 있지만 아직 의미가 아닌 것이 있습니다. 글쎄, '가만히'라고 해야 할지 어떨지 모르겠습니다만. 엿을 먹거나 커피를 마시거나 하면서 기다리는 거지요. 나오지 않을 때는 다른 일을 합니다. 그림책을 번역하거나 하는⋯⋯ 그런 식으로 기다리지 않고도 할 수 있는 일도 여럿 있으니까요.

≋ **잠시 치워두어도 의식하고는 있는 것이겠지요?**

아니, 우선 잊어버립니다. 저녁 반찬을 사러 가면 잊어버립니다.(웃음) 그거야 뭐, 예.

≋ **하지만 마감이 있지 않습니까?**

물론 있지요, 예.

≋ **나올 때까지 기다린다고 하셨는데, 마감이라는 게 있지 않습니까?**

제가 아주 겁이 많아요. 마감 한 달 전에 원고가 완성되어 있지 않으면 불안합니다.

≋ **한 달 전에요? 굉장히 일찍 마무리해놔야 하는군요.**

그래서 마감 직전까지 퇴고를 거듭합니다. 줄곧 수정을 합니다만, 마감 직전에 아무것도 나오지 않아서 곤란했던 적은 거의 없습니다.

≋ **다니카와 씨가 거의 주문생산이라는 사실은 의외였는데요,
주문이라는 시스템은 다니카와 씨의 시세계를 만드는 데 어
떤 영향을 끼쳤을까요?**

에너지원이 아니었을까요. 자본주의 사회를 생각해보면
알 수 있지 않겠습니까. 사람들이 차를 사지 않으면 생산
을 할 수 없잖아요? 신형차도 나오지 않고, 기술도 진보
하지 않겠지요. 그와 마찬가집니다. 그러니까 저는 처음
부터 자본주의 안에서 쓰고 있었다는 말이지요. 말하자
면 상품인 겁니다, 시가. 물론 한낱 상품만은 아니다, 그
런 자부심은 있지요, 예.

2 장

시와 일상생활

라디오에 매혹되어

〰 **이 오래된 라디오들은 다니카와 씨가 직접 다 손질하신 건가요? 지금도 사용하시나요?**

수집할 당시에는 소리가 안 나면 제가 고쳤습니다. 말 그대로 노령화되고 있어서 그냥 두면 못쓰게 되어버립니다. 이제는 전부 듣는 건 아니니까, 아마 소리가 안 나는 것도 있을 겁니다.

∿ 라디오의 어떤 점에 끌리셨나요?

잘 모르겠습니다만, 저는 머리로 생각하는 것보다 손으로 뭘 하는 걸 좋아하는 경향이 있습니다. 그래서 기본적으로 그런 점에서 라디오에 흥미를 가졌던 것 같습니다. 제가 조립한 놈이, 예를 들어 오스트레일리아의 단파방송 같은 걸 수신하면 무척 기쁩니다. '오스트레일리아가 들렸다!' 하면서 말이지요. 방송 내용이야 아무래도 상관없고요.

지금은 인터넷으로 어디서나 듣게 되어서 재미가 없어졌지만, 먼 데 사는 이의 목소리를 듣는다는 것에는 일종의 시적인 게 있지 않았나 싶습니다.

라디오를 듣고 있으면 일종의 공간적 단절 같은 것이 느껴지는데요, 거기에는 시의 언어가 나오는 것과 조금 닮은 점이 있지 않나 생각합니다.

젊은 시절부터 라디오를 좋아해서 오래된 라디오를 수집하여 소중히 보관하고 있다.

시와 일상생활

∭ 다니카와 씨의 첫 시집 『20억 광년의 고독』. 60년쯤 전에 우
주를 의식한다는 것은 꽤 이른 게 아니었을까요?

당시 통속적인 천문학 잡지나 과학 잡지에서는 우주 이
야기가 잔뜩 나왔었고, SF라는 말은 없었지만 중학교 땐
지 고등학교 땐지 '공상과학소설'이라는 걸 꽤 많이 읽었
습니다. 그러니까 저는 마침 자아에 눈뜰 시기에 '나는

대체 어떤 곳에 있는 건지 나의 좌표를 확정하고 싶어', 이런 마음이 아주 강했어요. 그래서 나는 일본에 살고 있고, 일본은 아시아에 있고…… 하는 식으로 계속 나의 좌표 주위를 넓혀가니까 결국 우주에 가닿은 것이죠. '20억 광년'이라는 것은 당시 과학지식에서 말하는 우주의 크기였습니다. 이제는 137억 광년인가 그렇게 되어 있습니다만.

그런 우주 속에 내가 있다는 의식이 그 무렵에 아주 강했어요. 그건 물론 가정이 비교적 평온하고, 제가 생활에 별 어려움이 없었기 때문에, '사회 속에 있는 나'보다 먼저 '우주 속에 있는 나'를 의식했던 것이라 생각합니다만. 그리고 그 감각은 지금껏 제 안에 있다고 생각합니다.

▨ **무척이나 행복했던 내가 있었으니까, 그런 말씀인가요?**

그렇다고 생각합니다.

아니, 그렇게 말할 수는 없겠지요. 다만 '사회'라는 걸 생각하지 않고 살고 있었다는 거지요. 가정 안에서의 관계, 즉 부모님과의 관계라든지, 나와 부친, 외아들이라 형제는 없었으니까, 그다음은 친구와의 관계겠습니다만, 그러한 관계는 당연히 있었습니다. '일상생활과 시'라는 것은 제 경우에는 비교적 분명하게 연결되어 있다고 저는 생각하고 있습니다. 직접, 사소설적으로 하거나 그러지는 않습니다만, 현실의 생활에 반드시 뿌리내리고 쓴다는 의식은 매우 강합니다. 그러니까 이곳에서의 생활이 바뀌면 시도 바뀐다고 생각합니다.

〰 사생활에 관계된 일을 여쭈어 송구합니다만, 다니카와 씨는 세 번 결혼하고 세 번 이혼하셨다고 하는데, 예컨대 그러한 경험이 그 시절에 쓴 시세계에 영향을 끼치진 않았는지요?

엄청난 영향을 끼쳤지요! 영향 정도의 말 가지고는 그걸 다 표현할 수 없습니다. 그야 엄청난 일이지요. 이혼이라는 건······.

하고 싶어서 한 건 아닙니다만, 어째선지 그렇게 되어버려서. 저는 실은 해로동혈偕老同穴, 일부일처제로 아주 오래오래 해로하는 걸 가장 좋아했었어요. 그러니까 그럴 예정이었지요. 하지만 현실 생활은 냉엄하더군요. 어째서 그런 식으로 되었는지. 그래서 같이 사는 이에게 상처를 주게 되었습니다, 아무래도. 아마도 나보다는 상대방이 상처를 더 입었다고 생각하기 때문에, 그런 경험이 제 안에 상당한 무게를 가지고 있을 거다, 그런 식으로 생각합니다만.

≋ 거듭 말씀드리는 거 같아 송구합니다만, 다니카와 씨의 시 세계에서는 스스로 돌아볼 때 그런 경험이 긍정적인 방향으로 작용하고 있습니까?

그런 것도 물어보십니까?(웃음) 글쎄요, 그것은 운명 같은 것이라서, 긍정적이라고도 부정적이라고도 말할 수 없는 게 아닐까요? 양면이 있다고 생각해요. 하지만 저는 매우 낙관적인 사람이라, 세 번 결혼하고 세 번 이혼했다, 이런저런 말들이 있는 거 같습니다만, 제 자신에게 그것이 좋았느냐 나빴느냐, 그건 또다른 문제겠습니다만. 그것이 저를 만들어왔다, 그런 식으로는 생각합니다. 그것이 없었다면 지금의 나는 없다, 이건 확실하다고 생각합니다.

≋ **예전에는 시세계와 실생활은 별개였다?**

그렇게까지 명확하게 구분되지는 않겠습니다만, 제가 쓰기 시작했던 무렵에는 원망이나 쓰라림을 자기표현으로서 쓰는 현대시가 많았어요. 저는 그게 조금 싫어서, 사소설적인 것은 쓰지 않겠다는 마음이 있어서. 그래서 '사적인 성질을 띤 것[私性]을 몰아내자', 뭐 그런 것을 썼더니, 제가 좋아하는 프랑스 시인 자크 프레베르°를 번역하고 있던 동년배 시인 이와타 히로시 씨에게, '프레베르는 그런 건 전혀 문제가 안 될 만큼 거대한 사성私性을 가지고 있는 시인이란 말이지', 이런 말을 들었어요. 저는 거기에 굉장히 공감해서, '사적인 것' 따위에 그다지 신경 쓰지 말고 '사성私性'이라는 그릇을 가능한 한 크고 깊게 해가면 된다, 그런 식으로 차츰 생각하게 되었습니다. 당시에는 역시 제 실생활과 시는 별개라는 식으로 나누고 싶었습니다만.

● 1900-1977. 프랑스의 작가, 시인. 영화 〈천국의 아이들〉의 각본 등이 있다. (원주)

〰 **나누고 싶었다?**

예. 시를 공적인 것으로 해두고 싶었던 것이지요. 제 사생활에서 잘라내서. 하지만 다시 읽어보면, 실제로는 사생활적인 요소가 상당히 짙게 들어가 있습니다. 혼자일 때는 생활 경험이 없으니까 정말로 우주 따위를 상대로 하고 있어도 괜찮았지만, 연애를 하고 결혼을 하고 이혼을 하고, 또 결혼을 하고 아이가 생기고…… 이런저런 실생활 경험이 쌓이다보니 역시 그런 것과 시는 절대로 분리될 수가 없었지요. 하지만 날것 그대로 가지고 들어오지 않았다고 해도, 자연히 시가 실생활 경험에 영향을 받고 있구나 하는 건 의식하고 있었습니다.

※ 겉으로만 봐서는 알 수 없는 다양한 요소가 다니카와 씨의 실제 인생과 시에 영향을 끼쳐왔다는 말씀입니까?

그렇게 생각합니다. 예.

※ '소설은 쓰지 않나요?' 하는 말도 자주 들었을 것 같습니다만.

뭐랄까요, 저는 정말로 소설에는 소질이 없다는 걸 점점 더 깨닫게 되었습니다.

〰 **소설에 소질이 없다는 건 무슨 말씀인가요?**

대체로 저는 글씨 쓰는 걸 싫어하거든요.

〰 **하하.(웃음) 지금은 컴퓨터로 글을 쓰신다고 하지 않았 나요?**

그러니까요, 워드프로세서가 나왔을 때는 정말 고마웠습니다. 저는 필압筆壓이 세거든요. 종이는 금방 찢어지고, 고무지우개 똥은 쌓이고. 그래서 시는 짧아서 다행이다 싶어요. 소설은 길지 않습니까. 필압이 센 사람이 쓰려면 고역이지요. 워드프로세서나 컴퓨터가 나온 뒤로는 조금 긴 것도 쓸 수 있게 되었습니다만. 소설의 묘사라는 게, 예컨대 여성이 입고 있는 옷이라든지 그런 걸

세세하게 쓰거나 하지 않습니까. 그런 것에 저는 약합니다. 금방 잊어버리기도 하고, 흥미가 없어서.

그러니까 기본적으로는 인간관계라는 것에 별로 흥미가 없습니다. 소설은 대부분이 인간관계잖아요. 서로 미워하고 사랑하고 질투하고, 뭐 그런. 그런 것을 끈질기게 하는 걸 귀찮아하는 데가 있어요. 그런 것은 실생활에서 하는 것만으로도 충분하지 않나 싶은데요.(웃음)

─────────────

'일상생활과 시'라는 것은
제 경우에는 비교적 분명하게 연결되어 있다고
저는 생각하고 있습니다.
직접, 사소설적으로 하거나 그러지는 않습니다만,
현실의 생활에 반드시 뿌리내리고
쓴다는 의식은 매우 강합니다.
그러니까 이곳에서의 생활이 바뀌면
시도 바뀐다고 생각합니다.

시인이란 무엇인지 되물었던 시기

〰 완전히 그만두신 것은 아니지만, 잠깐이라도 붓을 놓은 시
기가 있으셨지요?

예. '시를 쓰면 안 되는 게 아닐까' 하는 생각이 들었던 시
기가 있었습니다.

〰 왜 그렇게 생각하셨습니까?

시라는 것 자체를 처음부터 미심쩍게 여기던 인간이기는 했습니다만, 시인이라는 존재가 실생활에서는 꽤나 쓸모없구나 싶은 생각이 들었던 거지요. 그러니까 제 개인적인 인격은 '조금은 제대로 된 인간이 되고 싶다, 그러려면 잠깐 시를 쓰지 않는 게 좋지 않을까', 뭐 그런…….

⁂ **말하자면 시인이라는 존재가 가정생활을 꾸리려고 하자, 여러모로 무리가 따랐다는 말씀입니까?**

그렇지요, 간단히 말하자면 그런 셈이네요, 예.
시인이 죽은 뒤, 그 미망인이 쓴 책은 대개 험담이 많으니까요. 역시 시를 쓰는 인간은 아무래도 에고이스트가 되지 않나 싶습니다만.

⁂ **에고이스트가 된다? 에고이스트란 단순하게 말해서 '자기를 중심으로'라는 말씀인가요?**

예. 그것은 미묘한 문제라서, 상대에 따라서도 달라집니다. 시라는 것은 기본적으로 미사여구 아닙니까. 그러니까 일상적으로 사용하는 말이 아닌 다른 차원에서 굉장히 아름다운 말을 만들어내는 그런 게 있잖아요. 그런 시의 차원과, 일상생활에서 사용하는 언어의 차원이 어딘가에서 뒤섞이거든요. 그런 느낌이 들어요. 신용할 수 없는, 굳이 말하자면 푹 찌른다기보다, 일상생활의 차원에서, 제 딴에는 성실하게 할 작정으로 열심히 말하고 있어도 그것이 시의 언어로 들려버리면 뭔가 조금 다르지 않나, 그게 아니지 않나, 그런 느낌이 듭니다. 하지만 그건 언어만의 문제는 아니겠지요. 시인이라는 게, 역시 보통사람에게는 없는 결점을 조금 갖고 있다고 해야 할지……. 그것을 분명하게 지적할 수는 없는데요. 예를 들어 밀란 쿤데라° 같은 작가가 시인 험담을 쓴 게 있는데, 그걸 읽어보면 제대로 잘 짚었구나 싶은 생각이 들긴 합니다만.

● 1929-. 구 체코슬로바키아 태생의 프랑스 작가. 주요 작품에 『참

을 수 없는 존재의 가벼움』등이 있다. (원주)

〰 **어떤 내용입니까?**

요컨대, 시인이란 너무나 미성숙한 인격이라는 겁니다. '오늘 하얗다고 말하고 내일 검다고 말해도 전혀 상관없다. 시인에게 그것은 양쪽 다 진실이다', '그때 하양을 어디까지 깊게 느끼고 있었느냐, 검정을 어디까지 깊게 느끼고 있었느냐, 그것이 시인을 만드는 것이다', 하지만 실생활에서는 어제는 하양이었던 게 오늘은 검정이 되어서는 곤란하다, 뭐 그런 내용이었던 것 같습니다.

〰 **그렇군요. 그렇다면 다니카와 씨 자신은, '붓을 놓은 시기'라고 말씀하신 그때는 상대방에 대해 '왜지? 왜 모르는 거야?' 하는 느낌을 가지셨던 건가요?**

그렇지는 않고요, 저는 스스로 자책하는 편이라서 '내 어디가 나쁜 거지?' 하는 것만을 염두에 두고 있었습니다. 그게 상당히 미묘한 문제라서, 그렇게 간단히 '여기가 나쁘다', 그런 식으로 알 수는 없는 것 아니겠습니까. 그러니까 시를 쓰고 있어서 제 인격이 일그러진 거라면, 잠깐 시에서 떨어져 있는 편이 낫지 않을까 싶었던 겁니다.

▨ **그 뒤의 다니카와 씨 시세계에도 그 시기는 큰 영향을 끼쳤습니까?**

그렇다고 봅니다. 시에 대한 영향이라는 게 어디서 어떻게 하는 식으로는 좀처럼 말하기 어렵지만 말입니다. 시를 쓰는 인간이라는 것은 일상생활의 모든 면에 영향을 받지요. 그저 구름을 보기만 해도 벌써 그 영향을 받는다, 뭐 그런 식으로……. 하지만 아무튼 그 시기에 제가 뭔가 도움을 받은 것은 분명합니다.

시를 쓴다는 것

≋ 그런 시기를 거쳐 내신 시집이 여기에 있는『minimal』인
데요, 이 가운데서 한 편 낭송해주시겠습니까?

그 무렵에 저는 친구의 권유로 하이쿠도 조금 기웃거리
고 있었습니다. 하이쿠 모임 같은 데도 가고. 그래서 아
주 짧은 말로 뭔가 쓰는 것에 조금 도전해보고 싶어서,
그래서 이 짧은 시를 써보았습니다.

그리고

여름이 되면
또
매미가 운다

불꽃이

기억 속에
얼어 있다

먼 나라는
희미하지만
우주는 코앞

이 무슨 은총
사람은
죽는다

그리고라는
접속사만
남기고

저 자신은 그런 식으로는 별로 생각하지 않는데요. 평론
하는 사람들은 뭔가 이런저런 비평을 해줍니다만……
나이를 먹는다는 것도 저를 꽤 바꾸어왔거든요. 예를 들
어 죽음 같은 것도 실감나게 다가온다든지. 그런 요소들
이 있어서 바뀌어가는 거 아니겠습니까?

그리고 시를 쓴 지도 60년 이상 되기 때문에, 산전수전
다 겪은 셈이지요. 그러다보니 이런저런 작법이 가능하게
되었고, 거기에다 제 실제 인생에서도 나이를 먹다보니
아주 편해지는 거예요. '이제 슬슬 책임지지 않아도 괜찮
겠지', 뭐 그런.

그리고 이혼도 하고 아이도 착실히 독립했고 해서 혼자
서 살아갈 수 있게 되었잖아요. 혼자라는 게 정말 홀가
분하거든요. 그러다보니 시에서도, 예를 들어 저는 20대
에도 자기소개 비슷한 시를 쓰고, 30대에도 조금 쓰고,

이번에는 70대에 또 쓴 겁니다만, 그것을 비교해보면 제
자신을 남들에게 소개하는 형식으로 쓴 시가 사뭇 변화
하고 있다는 걸 알았습니다. 이것은 제 자신이, 말하자면
성숙했다고 말해도 좋지 않을까, 그런 생각도 듭니다.

▨ **그러면 자연스레 다니카와 씨의 눈길이 향하는 테마도 바뀌**
   어왔습니까?

그거는 바뀌어도 좋은 거 아니겠습니까. 저로서는 여기
가 이렇게 바뀌었다는 식으로 말씀드리기는 참 어렵지
만, 역시 제 시의 문체 같은 것은 제법 변하지 않았나 생
각합니다.

▨ **방금 말씀하셨던 자기소개 말입니다. 소개를 부탁드리겠습**
   니다.

『나』라는 시집을 냈더니, '다니카와가 『나』라는 제목으

로 시집을 냈다'고들 하시더군요. 시라는 것은 공적인 거라는 의식에서 줄곧 독자를 염두에 두고 써온 인간이, 왜 사소설적인 '나[私]'를 썼을까, 그런 말이었겠지요. 하지만 속으로는 거대한 나, 즉 '그릇이 큰 나' 같은 것을 지향해왔기 때문에, 저로서는 비교적 자연스런 흐름이었거든요. 그 시집에 실린 최근의 '자기소개'입니다.

자기소개 *70세 버전

저는 키 작은 대머리 노인입니다
벌써 반세기 넘는 동안
명사와 동사와 조사와 형용사와 의문부호 따위
말들의 틈바구니에서 살아오다보니
굳이 말하자면 무언無言을 좋아합니다

저는 공구들에 정이 갑니다

또한 나무를, 관목灌木을 포함해서, 무척 좋아하지만

그것들의 이름은 잘 기억하지 못합니다

저는 과거의 날들에 그다지 관심이 없고

권위라는 것에 반감을 품고 있습니다

사시에 난시에다 노안입니다

집에는 불단佛壇도 감실龕室도 없지만

실내로 직결된 커다란 우편함이 있습니다

잠은 저에게 일종의 쾌락입니다

꿈을 꾸어도 깨면 잊어버립니다

여기에 이야기한 것은 모두 사실입니다만

이렇게 말로 하고 있자니 왠지 거짓말 같군요

따로따로 사는 아이들 둘 손자 넷에 개나 고양이는 기

르지 않습니다

여름에는 거의 티셔츠 차림으로 보냅니다

제가 쓰는 말에는 가격이 매겨지는 경우가 있습니다

〰 **이런 자기소개 시를 이제까지 각 나이대에 쓰신 것 같은데**
요, 어디가 가장 크게 바뀌었다고 느끼십니까?

역시 저 같은 나이가 되지 않으면 '저는 키 작은 대머리
노인입니다'라는 식으로는 쓸 수 없습니다. 전에는 조금
허세를 부리며 썼었지요, 시적인 표현으로. 이런 식으로
일상적으로, 비교적 이렇게 직접적으로는 쓰지 않았다
는 생각이 들어요.

〰 **'나〔私〕'라고 되어 있습니다만, 작은 자기〔私〕가 아니고 좀더**
넓은 의미에서의 자기, 남들이 읽거나 혹은 들었을 때 '내 이
야기인가?' 할 그런 의미로 받아들여도 괜찮을까요?

물론 언어라는 게 그런 거라고 생각합니다. 사유私有할

수 있는 언어라는 건 없잖아요? 태어난 순간부터 언어는 전부 타인에게 배우는 거니까요. 그래서 늘 언어는 자기 하고 타인을 묶는 것이니까, 제가 '나[私]'라고 말할 때는 벌써 전 세계의 '나[私]'를 포함하고 있다고 생각해도 무방하지 않느냐, 그렇게 생각합니다.

〰 저기, 다니카와 씨에게 질문이 몇 가지 들어와 있어서, 이쯤에서 답변을 들어보겠습니다. 자, 어떤 대답을 하실지……. 먼저 카피라이터 이토이 시게사토 씨의 질문입니다.

이토이 씨는 다니카와 씨와 예전부터 아는 사이라서, 두 분이 있으면 벽의 얼룩 하나에서도 시가 탄생할 정도라고 말씀하시는데요. 그래서 이토이 씨는 여태까지 하지 않았던 새로운 질문을 하시고 싶은 모양입니다.

왠지 무섭네요, 어떤 질문을 할지.(웃음)

시를 쓴다는 것

이토이 시게사토 씨의 질문

"다니카와 슌타로 선생님. 존경의 마음을 담아 여쭙겠습니다.

(손장단으로) 팡 파팡 파팡팡.(인사) 잘 부탁드립니다."

허허.(웃음) 이거 참 곤란하네. 음, 어떡하죠?

〰 **선생님의 대답은?**

좀 전에 제가, 굳이 말하자면 무언無言을 좋아합니다, 그런 말을 했지요? 역시 이런 질문에는 입을 다물고 있는 게 상책이 아닐까 싶습니다. 물론 손뼉을 쳐서 대꾸할 수는 있겠습니다만, 그러면 왠지 음악이 되어버리지 않을까 싶군요.

그러니까 시로서는 여기서는, 선문답 같은 물음이니까, 여기서는 입을 다물고 있는 게 아마도 멋있겠다, 그렇게 생각합니다. 이런 대답으로는 이토이 씨가 만족하지 못하실지도 모르겠네요.(웃음)

역시 저 같은 나이가 되지 않으면

'저는 키 작은 대머리 노인입니다'라는 식으로는 쓸 수 없습니다.

전에는 조금 허세를 부리며 썼었지요. 시적인 표현으로.

이런 식으로 일상적으로, 비교적 이렇게 직접적으로는

쓰지 않았다는 생각이 들어요.

≋ 자자, 뒷마무리는 또 두 분이서 만났을 때 하시면 되지 않을까 싶습니다만.(웃음) 그리고 또 한 분, 가수 나카지마 미유키 씨가 이메일로 질문하셨습니다.

나카지마 씨는 대학 졸업논문 주제가 '다니카와 슌타로'였다고 하는군요. 그분 스스로 '출발점에 다니카와 슌타로가 없었다면, 나의 작사는 없었다'는 말씀도 하셨습니다. 그러면 질문을 소개하겠습니다.

나카지마 미유키 씨의 질문
"지금까지 발표하신 작품에 대해서는 몇몇 단어를 접한 순간에 '아, 내 작품이다' 하고 아시게 됩니까?"

단어라, 단어로는 모르지 않을까요. 세 행이라든지, 행이라면 어느 정도 알 것 같은데요. 요컨대, 시에는 일종의 문체라고 할 만한 그 사람 나름의 스타일이 있거든요. 그래서 세 행가량 읽으면 그런 스타일 같은 것을 대개 알 수 있다, 그런 거지요. 그러니까 단어로 분해해버리면, 언제까지나 '우주' 같은 말을 쓰고 있는 것도 아니고, 그저 단어만이라면 알 수 없지 않나 싶군요…….

≋ **단어가 아니라 행이라면 알 수 있다는 말씀이군요. 하기는 벌써 이루 헤아릴 수 없을 만큼 쓰셨지요.**

저번에 어떤 이가 '이거 다니카와 씨의 시 아닙니까' 하면서 시를 보여주길래 '응, 이거 내 시 같은데' 했는데, 전혀 다른 사람의 시였거든요. 뭐랄까요, 잊어버리고 있어요, 자기가 쓴 것을…….(웃음)

≋ **하지만 마감 한 달쯤 전에 완성하고, 그때부터 퇴고에 퇴고를 거듭하시는 거죠?**

아무튼 다시 봅니다. 그리고 손질을 해서 개악을 한 경우도 있다는 점은 염두에 두고 있습니다. '여기는 역시 바꾸지 않는 게 낫겠어' 하는 곳도 있기 때문에, 완전히 다시 쓰는 것은 아니지요.

≋ **다니카와 씨의 대답이었습니다. 나카지마 씨가 어떻게 들으
셨을지 모르겠군요.**

미안합니다, 대답이 서툴러서.(웃음)

다니카와 슌타로 씨에게 묻고 싶은 것

그럼 이 스튜디오에 모이신 분들에게도 질문을 받아보겠습니다.
첫번째 질문입니다.

○ 잘된 시는 어떻게 짓는 것입니까?

그런 걸 알았으면 고생 안 했겠지요.(웃음) 모릅니다.
시라는 게 공부해서 잘 쓰게 되는 그런 건 아니잖아요.
음, 그러니까 그거는 매우 어려운 점이지만, 잘 쓴다 못
쓴다 하는 것도 매우 주관적인 거지요. 그리고 잘 썼지만

뭔가 상투적인 문구가 말끔하게 늘어서 있는 정도인 시도 있거든요. 그런 거는 못 쓴 시보다 재미가 없어요.

그러니까 자기 자신이 온몸으로 파악한 언어로 쓴 시가 좋은 시라는 생각이 듭니다. 하지만 의외로 세상에 유통되고 있는 상투어구를 죽 늘어놓아 시처럼 보이는 시를 쓰고 마는 경우도 많지요? 그런 거는 역시 재미가 없어요.

≋ 요컨대 손때 묻은 말을 듣고 나와도 재미없다?

그래요, 재미없어요. 예.

≋ 그러니까 앞에서 다니카와 씨가 말씀하셨던, 자기 안에서 저절로 솟아나는 말 같은…….

말하자면 타인의 말이기는 해도, 남에게 배운 말이 자기 경험을 거쳐 자기 말이 되어간다고 생각합니다. 그러니까 그것이, 자기 말이 된 말이 나와주면, 그것은 재미있지 않겠습니까.

≋ 그러면 다음 질문으로 넘어가겠습니다.

○ (저서 가운데) 가장 좋아하는 책은 무엇입니까?

저는 어쩐지 그 '가장'이라는 말이 싫습니다. 해서, 많이 있는 가운데서 하나를 뽑는 게 무척 어렵고, 그게 승패를 가르는 것처럼 되어버리잖습니까? 게다가 외아들이라, 승패를 겨루는 데는 젬병입니다. 그래서 그런 질문을 받으면, 정말이지 머릿속이 뒤죽박죽이 되거든요. 그런 거는 제가 결정할 게 아니라, 읽어본 분들이 결정해주면 좋지 않겠습니까. 그러려면 많이 읽어야 할 테고, 제 책을 많이 사야만 되겠지요.(웃음)

≋ 열심히 읽고, 그중에서 자기가 좋아하는 최고의 다니카와 슌타로를 스스로 만들면 좋겠다는 말씀이시군요.

그러면 무척 기쁘겠습니다, 쓴 사람 입장에서는.

〰 **예. 그럼 이번에는 다른 분, 어떻습니까? 제일 뒤쪽 분 말씀**
하시지요.

○ 다니카와 씨는 시를 쓰실 때 일상을 의식한다고 말씀하셨는데요,
그렇다면 일상생활이랄지, 평소 어떻게 생활하고 계십니까?

평범한 노인의 생활입니다. 독신이니까요. 평범한 노인이
라고 하면 어엿한 배우자가 곁에 있어야 하는 건지도 모
르겠습니다만. 그리고 비교적 규칙적으로 생활합니다. 대
개 7시 반쯤에 일어나서 잠깐 호흡법 따위를 하고, 아침
은 먹지 않고 야채 주스만 마시고요. 낮에는 메밀국수
같은 면 종류를 먹고, 그리고 기분이 내키면 일을 하고
그럽니다.

가장 큰일은 사무처리입니다. 60년 넘게 쓰다보니 '허락
해주십시오'라든지 '시 낭송회 스케줄을 정합시다'라든

시를 쓴다는 것

지 '표를 어떻게 끊을까요' 하는 따위 이런저런, 그런 게 아주 많거든요. 그러니까 그런 일에 너무 신경을 써서 지치고, 그러면 피로를 풀기 위해 잠깐 시를 쓰는, 그런 느낌입니다. 예. 시를 쓰고 있으면 피곤하지 않습니다. 즐겁지요.

〰 피로 해소를 위해 시를 쓴다.(웃음) 그게 잘 팔린다. 그처럼 좋은 일도 없겠습니다만……

여러분의 질문을 좀더 받고 싶습니다만, 송구합니다. 시간 제약도 있기 때문에, 여기서 마무리하겠습니다. 여러분, 감사합니다.

그러면 이제 다니카와 씨의 시 여러 편을 노래로 불러오신 고무로 히토시 씨가 나오셔서 노래를 불러주시겠습니다.

드립니다

작사 다니카와 슌타로 / 작곡·노래 고무로 히토시

갓 딴 사과를 베어먹었던 적도 있고
바다를 향해 홀로 노래했던 적도 있다
스파게티 먹으며 수다도 떨었고
커다란 빨간 풍선을 불었던 적도 있다
당신을 좋아한다고 속삭이고 그리고
짭짤한 눈물의 맛도 이제 알고 있다
그런 나의 입술……

이제 비로소―당신에게 드립니다
온 세상이 소리를 죽인 이 밤에

고무로 제가 다니카와 씨의 시에 처음으로 곡을 붙인 것이 이 「드립니다」라는 곡입니다. 세월이 45년 넘게 지났군요. 그리고 그 뒤로도 꽤 여러 시에 곡을 붙였는데요, 다음 노래는 제가 작곡한 것이 아니고, 다케미쓰 도루*씨가 돌아가시기 직전에 남긴 노래입니다. 노래로 치면 다케미쓰 씨의 유작이라 해도 좋을지 모르겠군요. 다니카와 씨 작사 「어제의 얼룩」입니다.

• 1930-1996. 일본의 작곡가. 작품으로 「현을 위한 레퀴엠」 「11월의 계단」 등이 있다. (역주)

어제의 얼룩

작사 다니카와 슌타로 / 작곡 다케미쓰 도루 / 노래 고무로 히토시

완전히 새것처럼 보여도
오늘에는 어제의 얼룩이 있다

지난 일이라는 한 마디 말이
표백제가 되지는 않는다
눈물을 샤워로 흘려보낼 뿐

몸의 상처조차 없어지지 않으니
마음의 상처라면 더욱 쑤신다
미안하다는 한 마디 말이
진통제가 되지는 않는다
아픔을 술로 달랠 뿐

떠올리고 싶지 않아도
잊을 수 없는 날들이 있다
내일이 있다는 한 마디 말이
비타민제가 되지는 않는다
희망은 스스로 찾을 뿐
희망은 스스로 찾을 뿐

시를 쓴다는 것

〰 고무로 씨가 다니카와 씨를 만나오신 것이 벌써 반세기 가까운 세월이지요?

고무로 그렇겠습니다. 예.

〰 그토록 오래 교류하신 고무로 씨에게 '시인 다니카와 슌타로'는 어떤 분이셨습니까?

고무로 글쎄요, 그거는 좀 전에 이야기하셨듯이 다니카와 씨 본인도 자기를 규정할 수 없으신 것 같은데……, 저는 더더욱 알 수가 없겠지요. 다만 시인이라기보다도 노래하는 시를 쓰셨다는 점에서 말하자면, 다니카와 씨의 시는 노래할 때 자유로워질 수 있습니다. 저는 나카하라 주야 같은 시인이 쓴 시도 작곡해서 부르고 있습니다만, 왠지 '이렇게 불러야 한다'고 단어나 구절이 요구하는 듯한 느낌이 들거든요. 하지만 다니카와 씨의 시는 어떻게 불러도 좋다고 해야 할지, '노랫소리를 싣는 노래'를 탈것이라 치면, 탈것으로서의 슌타로 씨의 시는 '어떤 식으로 타도 괜찮아, 네 마음대로 타!' 하는 느낌이에요. 그런 만큼 노래하는 게 만만치 않다는 생각도 듭니다만, 자유로움은 있습니다.

≋ **노래하는 게 만만치 않다는 생각이 든다 하셨는데, 어떤 점을 말씀하시는 건지?**

고무로 '어쩌면 이것은 굉장한 시가 아닐까' 하는 생각이 들면, 거리감이라고 해야 할지, '아, 건드려서는 안 되는 건지도 몰라' 하고 불안해지는 경우가 있습니다. 그래서 어떻게 노래해야 좋을지 알 수 없게 되는 겁니다. 무책임한 채로 있을 수 있을 때는 대개 즐겁게 노래할 수 있지만 말이지요.(웃음)

≋ **하지만 기본적으로는 '어떤 식으로 타도 괜찮아' 하는 느낌을 준다는 말씀이시죠?**

　　　　　　　　시를 쓴다는 것

고무로 예, 그렇습니다. 더구나 40~50년 전에 미국에서 들어온 새로운 '포크 송'이라는 형식의 노래에 자극을 받아서 노래를 만들기 시작한 저희들에게는 기존의 판에 박은 형식이 아닌, 새로운 일본어…… 노래 가사로서의 일본어인 겁니다. 그래서 늘 신선함이 있습니다.

≋ **다니카와 씨에게 여쭙겠습니다. 자기가 쓴 글을 가수의 목소리를 통해서 노래라는 입체적인 형태로 들으면 기분이 어떠십니까?**

다니카와 그거야, 기본적으로 굉장히 기쁘지요. 다만 가수가 서투르거나 노래가 마음에 들지 않거나 하면, 그때는 어쩔 수 없구나, 뭐 그런.

저는 「드립니다」를 노래로 들으면 정말 차분해집니다. 아무튼 처음으로 만들어주신 노래거든요. 고무로 씨는 말입니다, 그 무렵에 비하면 엄청나게 늘었지요, 노래가.(웃음)

≋ 그 무렵이라면 언제를 말씀하시는 건가요?

다니카와 20대 무렵이지요. 얼굴도 좋아졌어요. 당시에는 수염도 기르지 않았지요…… 길렀던가요, 그때?

고무로 그게, 처음에는 기르지 않았을지도 모르겠군요.

다니카와 그래요 그래요. 그러고 나서 언제부턴가 수염을 길렀고, 그것이 허예지고, 아무튼 노래가 점점 좋아졌어요. 그러니까 저도, 늙는다는 게 정말 좋은 거라고 생각합니다만, 고무로 씨를 봐도 그렇다는 생각이 듭니다. 노래 솜씨가 이렇게 좋아지는 건 좋은 일 아니겠습니까.

≋ **50년 가까이 이어진 사귐이 이 두 세계를 만들어낸 것 또한 틀림없겠습니다.**

다니카와 그렇지요. 그러니까 고무로 씨가 건강한 게 정말

기쁩니다.

≋ **고맙습니다. 고무로 씌었습니다.**

3장

의미와 무의미

시는 음악과 연애하고 있다

≋ 오늘은 프로그램 도중에 다니카와 씨의 낭송을 몇 차례나 들었습니다만, 장남 겐사쿠 씨의 피아노에 맞춰 합동공연도 그동안 꽤 오래 해오셨지요? 다니카와 씨는 낭송을 담당하고 있는 것으로 압니다만. 시와 음악의 합동공연으로 타이틀이 '시는 음악과 연애하고 있다'. 시 쪽에서 연애를 하고 있는 겁니까?

그렇습니다, 제 감각에는요. 시를 쓰기 시작했을 때의 이야기를 아까 잠깐 했습니다만, 시를 무척 소중히 여기거나, 시에 애착이 갔던 건 아니거든요. 하지만 음악만은, 음악 없이는 살 수 없다, 그런 느낌으로 듣고 있었어요. 그러니까 음악이 출발점이었기 때문에, 아무리 시간이 지나도 시의 값어치는 음악보다 아래라는 느낌에서 완전히 빠져나오지 못한 거지요. 지금도 그렇습니다. 요컨대, 음악 쪽이 '의미가 없기' 때문이겠지요.

〰 **의미가 없다? 무슨 말씀인가요?**

음악이란 게 의미가 없지 않습니까. 자주 그렇게 말해서, 무대 위에서 아들 녀석을 놀려먹거든요.(웃음) 음악은 의미가 없어서 좋구나, 뭐 그런 말인데요.

〰 **겐사쿠 씨는 뭐라고 합니까?**

아들 녀석도 요즘에는 생각이 바뀌었는지 '그렇다'고 그럽니다.

언어는 의미에 얽매이기 마련이지요, 아무래도. 특히 음성으로 소리를 내서 청중에게 전달하는 경우에는 그 말의 어조, 소리에 관련된 요소가 아주 중요합니다. 그것을 순수하게 파고들면, 아무래도 음악이 되어버리는데요. 저는, 물론 좋아하는 시는 있습니다만, 예를 들어 제가 좋아하는 모차르트의 음악 한 대목과 좋아하는 시 한 구절을 비교해서 어느 쪽이 소중하냐고 묻는다면, 아무래도 모차르트의 음악이 소중하거든요. 그러니까 늘 시는 음악을 좇지만 따라잡지는 못한다는 기분이 강합니다.

어쩌면 비교할 필요가 없을지도 모르겠습니다. 하지만 아들과 함께 무대 위에 서다보니 그만 시와 음악을 비교하게 되었습니다. 비교하면 음악이 소중하다, 뭐 그렇게 되더라는 말씀입니다.

시를 쓴다는 것

≈ 고금의 명곡을 들으면 마음이 홀가분해지고 기분이 좋아진
다. 마음속에 들어온다, 그런 말이 있는데요, 그렇게 해석해
도 되겠습니까?

예. 그런 말이겠습니다. 온몸에 감동을 전하는 것은 음악
이 역시 강하다. 그러니까 시를 낭송할 때 흔히 배경음악
을 틀거나 하잖아요? 그거 위험합니다. 시는 역시 시로만
승부해야 한다고 보거든요. 예.

언어는 의미에 얽매이기 마련이지요, 아무래도.

특히 음성으로 소리를 내서 청중에게 전달하는 경우에는

그 말의 어조, 소리에 관련된 요소가 아주 중요합니다.

그것을 순수하게 파고들면, 아무래도 음악이 되어버리는데요.

저는, 물론 좋아하는 시는 있습니다만,

예를 들어 제가 좋아하는 모차르트의 음악 한 대목과

좋아하는 시 한 구절을 비교해서 어느 쪽이 소중하냐고

묻는다면, 아무래도 모차르트의 음악이 소중하거든요.

그러니까 늘 시는 음악을 좇지만

따라잡지는 못한다는 기분이 강합니다.

입으로 소리 내어 읽기

※ **입으로 소리 내어 읽으면, 한자로 쓰인 것, 히라가나로 쓰인 것의 차이는 없어집니까?**

그렇지요, 물론. 한자, 히라가나라는 표기의 차이는 없어집니다. 그렇지만 시각으로 읽는 것보다 소리로 듣는 쪽이 직접적으로 울리지요. 청각이라는 것은 꽤 촉각적 觸覺的이라서, 고막에 와 닿기 때문에 몸에 직접 들어옵니다. 그러니까 활자로 읽을 때는 재미없었던 시가 입으로 소리 내어 읽고는 '아, 이렇게 좋은 시였던가' 하고 깨달은 경험이 저에게도 있거든요.

≈ **그런 의미에서도 낭송, 입으로 소리 내어 읽고 표현하는 일의 가능성은 매우 크다는 말씀이신가요?**

예, 매우 큽니다, 그것은. 활자보다 훨씬 크지요. 언어는 역시 의미라는 것이 가장 중요한 요소입니다만, 실제로 소리 내어 읽어보면 음音의 요소도 있고, 언어가 그려내는 이미지의 요소도 있고, 다양한 요소가 언어에 있거든요. 그래서 그중에서 의미가 아닌 요소, '난센스=무의미'라는 요소도 있다는 것이 제 생각입니다만.

의미 이전의 세계

이 세계가 시작되었을 때, 아직 정설은 없지만 일단 빅뱅에서 시작되었다고들 하는데요. 그때는 아직 언어가 없었지요. 언어가 없으면 의미도 없었다고 생각합니다. 그러니까 빅뱅 때는 무의미였다. 그 뒤로 다양한 무기물이 생겨나고, 유기물이 생겨나고, 단백질이 생겨나고, 어딘가에서 인간이 탄생하고, 거기에서 언어가 생겨났다. 거기에서 비로소 의미라는 것이 생긴 것 아니겠습니까. 그

때까지는 우주가 그야말로 무의미였던 거지요. 그러니까 제 생각에 우주라는 것은 기본적으로 무의미한 것이었고, 거기에 인간이 언어를 통해 의미의 옷을 입혔다, 이런 식으로 말해도 좋지 않을까 생각합니다.

시라는 것은 산문과 달라서, 의미만 전달하는 것이 아니라, 소리의 울림이라든지 이미지라든지 여러 가지 것을 동원해서 언어라는 놈을 전달합니다. 그러니까 무의미한 것을 시에 씀으로써 거꾸로 그 의미 이전의 세계를 만져서 느끼고 손으로 더듬어…… 존재 자체의 리얼리티 같은, 뭔가 언어로는 도저히 불가능한 것을 느끼게 만든다, 그것이 시가 맡은 역할의 하나가 아닐까 그렇게 생각하고 있습니다.

〰 **확실히 너무 언어의 의미에 계속 얽매이다보면, 다양한 사회의 처지, 사회의 계층에 있는 사람들이 저마다의 의미를 끝까지 밀어붙여 서로 충돌하면 싸움이 벌어지겠지요.**

시를 쓴다는 것

시라는 것은 산문과 달라서, 의미만 전달하는 것이 아니라,

소리의 울림이라든지 이미지라든지

여러 가지 것을 동원해서 언어라는 놈을 전달합니다.

그러니까 무의미한 것을 시에 씀으로써

거꾸로 그 의미 이전의 세계를 만져서 느끼고

손으로 더듬어…… 존재 자체의 리얼리티 같은,

뭔가 언어로는 도저히 불가능한 것을 느끼게 만든다.

그것이 시가 맡은 역할의 하나가 아닐까

그렇게 생각하고 있습니다.

그렇습니다, 그래서 의미가 차츰 고정되면 거기에 갇혀버립니다. 그러니까 시가 맡은 역할의 하나는 그런 '정해진 문구 같은 언어'를 파괴하는 역할도 있다고 봅니다.

〰〰 **이른바 상투어구도 포함됩니까?**

그렇지요, 예.

〰〰 **그렇다면 언어 자체를 별로 신용하지 않는다고 해야 할까요.**

저는 비교적 처음부터 언어를 신용하지 않아서,(웃음) 시도 줄곧 신용하지 않는 입장에서 해온 셈입니다만, 그래도 인간은 절대로 언어에서 도망칠 수 없지요. '신용하지 않는다'는 것도 언어로 말하고 있는 거니까요. 그러니까 그것은 당연히 전제로서 존재하는 것이겠습니다만, 그 '넌센스'라는 것이 지닌 불가사의한 매력이 있고, 그것은 의미가 없기 때문에 안 된다고 그저 부정만 할 수 있는 것은 아니지 않느냐, 그렇게 생각합니다.

≈ 다니카와 씨가 시를 낭송하실 때는 의미를 전달하려 하기보
다는 소리를 전달하려 한다는 말씀인가요?

음, 그것은 말놀이, 예를 들어 '캇파' 같은 시는 그렇습니
다. 그 시는 전혀 의미가 없는 것은 아닙니다만, 일본어
소리가 갖고 있는 재미를 전달하고 싶다는 마음은 있었
지요.

≈ 저희 아나운서들이 하는 일 중에서 뉴스나 내레이션은 '문
자를 음성화하는 게 아니라, 의미를 음성화하는 것'이라고
흔히 말합니다. 의미를 전달하는 것이다. 즉, '붉은 집'이라
는 게 있을 때, 붉은 '집'이 아니라, 어떠한 집인지. '붉은 집'
이라는 것은 바닥에 깔고 해라, 그런 식으로. 그러한 것도 있
을 수 있겠습니까?

시를 쓴다는 것

예, 물론 그렇습니다. 시의 경우에도 말놀이 성격을 띤 것보다 착실히 의미를 지닌 시가 많으니까요. 보통 읽을 때는 역시 가능한 한 의미가 전달되게 읽습니다만, 예를 들어 의성어, 의태어 같은 게 일본어는 꽤 풍부한데요. 그런 것은 역시 의미가 아니라, 온몸으로 느낄 수 있는, 몸에 호소하는 것을 쓰고 싶어지지요, 아무래도. 어린아이들이 재미있어 하는 것은 아마도 그런 점이라고 생각합니다. 의미는 알 수 없어도 방귀소리가 뿡뿡 하는 것 따위를 재미있어 하지 않습니까.

그러니까 다양한 언어기능을 살려내는 게 시가 아닌가 생각합니다만.

언어는 자유롭지 않다

≋ 무엇이든 언어로 설명할 수 있다, 그렇게 철석같이 믿는 사
람도 있는데요.

저는 절대로, 언어라는 것은 정말로 부자유스러운 것이
라고 생각합니다.
언어라는 게 모순을 싫어하지 않습니까. 하지만 현실은
모순되어 있지 않으면 현실이 아닌 거지요. 그것을 언어

는 표현할 수 없다. 그러니까 언어에 의지하는 것은, 어떻게 하더라도 인간의 현실을 놓칠 가능성이 있으니까, 늘 신경을 써야 한다고 생각합니다.

그래서 언어에는 실체라는 것이 있다는 사실을 늘 의식하지 않으면, 왠지 언어가 겉돌아버린다. 벌써 20~30년 전부터인가요. 그것을 '언어의 인플레이션'이라는 식으로 표현한 평론가가 있었습니다만, 요즘에 더더욱 그런 경향이 강하지 않습니까.

≋ **언어가 쓸데없이 너무 많다는 말씀인가요?**

그렇습니다, 지긋지긋한 데가 있습니다.

≋ **무의미한, 이라고 하면 어폐가 있을지도 모르겠지만, 무의미한 언어의 연속, 모종의 까슬까슬한 감촉 속에 있는 리얼리티라고 할까요, '그것을 받아들이는 세계'를 다니카와 씨는 어떻게 생각하고 계십니까? 그것으로 팬찮다, 그러한 세**

계가 있어서 좋다?

물론 그렇습니다. 의미의 세계와 무의미의 세계가 있어서, 그것이 서로 보완하고 있다고 말하면 될까요. 그 양쪽에 리얼리티, 현실이라는 것이 존재한다고 생각하게 됩니다만.

≋ '양쪽에'군요.

예.

언어라는 게 모순을 싫어하지 않습니까.

하지만 현실은 모순되어 있지 않으면 현실이 아닌 거지요.

그것을 언어는 표현할 수 없다.

그러니까 언어에 의지하는 것은, 어떻게 하더라도

인간의 현실을 놓칠 가능성이 있으니까,

늘 신경을 써야 한다고 생각합니다.

'안다'는 것

※ 말씀을 듣다보니 '안다'는 게 도대체 무엇인지 하고 생각하
게 됩니다.

그렇지요, 어려운 문제입니다. '안다'는 게 무엇이냐 하는.
언어라는 것은 하여튼 '안다'는 것을 중심으로 발달해온
듯한 느낌이 들거든요. '안다'는 것은, 요컨대 '구분하는'
거잖아요. 뭔가 하나인 것을 동강내서, 부분적으로 조금

씩 알아간다, 아무래도 그런 쪽으로 기울게 되잖아요. 언어는 기본적으로 그러한 경향이 있습니다만, 실제 현실이라는 것은 '하나'잖아요, 한덩어리로. 서로 모순된 상태로. 그러니까 그것을 언어가 포착하기란 정말로 어렵다는 사실을 동서고금의 언어학자나 철학자, 문학자 같은 이들이 줄곧 말해온 게 아닌가 싶습니다.

〰 **근대 과학은 무엇이든 언어와 실증**實證**으로 남김없이 알 수 있다, 무엇이든 안다는 식으로 진행된 상황이 있다. 그러나 과연 남김없이 알 수 있는 것인가. 알 수 없는 세계도 존재한다는 말씀이지요?**

물론 그렇다고 생각합니다. 알 수 없는 세계라는 것을 다른 한쪽에 갖고 있지 않으면, 뭐랄까 인간은 점점 오만에 빠지고, 게다가 뭐랄까 가난해진다. 바싹 말라버릴 듯한 기분이 듭니다. 그러니까 지금 보시면, 벌써 전부 디지털로 언어화되어가잖아요.

≋ 0아니면 1이지요.

그런 겁니다. 그것과 짝을 이루어서, 역시 뭔가 초자연적
이고 신비한 것(occult)이 상당한 에너지를 갖고 있었거든
요. 그것은 역시 상호보완적인…… 부족한 것을 보충하
고 있었다, 틀림없이. 그러한 것이 다른 한쪽에 없으면 전
체를 파악할 수 없다, 그것이 자연스레 어떤 의미를 만들
어내지 않느냐 생각해요.

≋ **그러한 방향으로 나아가고 있다는 것은 역시 시대상황일
까요?**

그렇게 생각해요. 그러니까 인간의 문명이 그런 식으로
진행되어왔던 거지요.

≋ **하지만 다니카와 씨 자신은 무의미라는 것에 주목해왔다는
말씀입니까?**

주목했다고 해야 할지, 그것이 '존재한다'는 실감이 들었어요. 무의미한 것이 '존재한다'고. 하지만 그것은 특별히 무서운 것도 아니고, 무의미하다 해서 쓸모없는 것도 아니지요. 무의미에 대한 실감 같은 것이 있기 때문에, 그것을 유지해가고 싶다고 해야 할지, 그것을 즐기고 싶다고 말하면 좋을지. 의미뿐이라면 점점 불안해지지요. '지구의 미래는……' 같은 문제를 생각하겠지만, 그래도 무의미까지 포함하면 말이지요, 어쩐지 즐길 수 있지 않을까 하고 생각합니다만.

≋ 그럼 또 이쯤에서 다니카와 씨의 낭송을 듣고 싶은데요, 아까 읽어주셨던 『나』라는 시집에 들어 있는 「안녕」을 부탁드리겠습니다.

안녕

나의 간장肝臟이여 잘 있거라
신장과 췌장하고도 이별이다
나는 이제 죽을 참인데
곁에 아무도 없으니
너희들에게 인사한다

오래도록 나를 위해 일해주었지만
이제 너희들은 자유다
어디로든 떠나는 게 좋다
너희들과 헤어져서 나도 몸이 가뿐해진다
혼만 남은 본래의 모습

심장이여 때때로 콕콕 찔렀구나
뇌수여 허튼 생각을 하게 했구나

눈 귀 입에도 고추에게도 고생을 시켰다
모두 모두 언짢게 생각하지 말기를
너희들이 있어 내가 있었으니까

그렇다고는 해도 너희들이 없는 미래는 밝다
이제 나는 나에게 미련이 없으니까
망설이지 말고 나를 잊고
진흙에 녹아들자 하늘로 사라지자
언어가 없는 것들의 동료가 되자

〰 **고맙습니다.**

**이 「안녕」은 저도 좋아하는 작품의 하나인데요, 예순을 앞
두고 왠지 가슴에 와닿습니다.**

아무래도 젊은 시절에는 쓸 수 없는 시지요. 예.

〰 아, 역시 그렇군요. 최근에는 이렇게 늙음이나 죽음에 대해서 의식적으로 쓰고 계십니까?

아닙니다, 그렇지는 않고, 대부분 자연스럽게 그러한 것이 시에 나옵니다. 때때로 '백 살이 된 시를 써주세요' 하는 주문이 들어오기도 하니까요.

〰 그러면 어떻게 하십니까?(웃음) 벌써 무리 없이 되십니까? 마음속으로는 '쓸 수 있다!' 그런…….

아니, 백 살이 된 셈 치고 쓰는 거지요.(웃음)

일흔여덟의 경지

≋ **일흔여덟이라는 나이는 의식하십니까?**

그게 뭐랄까, 제대로 의식하고 있지는 않습니다. 예.

≋ **그것은 '난처하다'는 의미인가요?**

아니, 그것은 '난처한 일'이지요.(웃음)* 제대로 된 노인이 되어 있지 않다는 말입니다.

● (역주) '난처하다'와 '난처한 일'로 번역한 대목의 원문은 '코맛타 몬데스요(困ったもんですよ)'이다. 뭔가 난처하고 곤란한 일에 처했을 때 관용적으로 쓰는 말이다. 사회자가 '困ったもんですよ' 하는 그런 의미냐고 묻자, 다니카와 시인이 '아니, 그것은 困ったもんですよ' 하고 대답한, 일종의 말장난이다.

≋ '제대로 된 노인'이란 무엇입니까?(웃음)

예전의 노인은 좀더 차분하고, 뭐랄까 화로 앞에 앉아 담 뱃대를 빨면서 젊은 사람들에게 설교를 했잖아요? 그런 데 그런 자세가 전혀 없거든요, 저에게는. 특별히 '젊게 살고 싶다'든지 그런 생각이 없는데도 왠지 나이도 제대 로 먹지 못한다는 기분이 아주 강하게 듭니다.

≋ 그것은 육체적인 문제입니까, 정신적인 문제입니까?

물론 정신적인 문제지요. 저에게 무언가 심각한 지병이라도 있다면야 '늙음'이라는 것을 좀더 명확하게 자각할 수 있을지도 모르지만, 행인지 불행인지 비교적 건강해서 더더욱 자각하지 못하는지도 모르겠군요.

≋ **시를 쓰는 일에서 언어가 나오지 않게 되리라는 불안, 영감이 말라버린 듯한, 혹은 말라버릴 듯 말라버릴 듯한 불안, 그런 기분은 어떨까요?**

그런 것은 틀림없이 있지 않겠습니까. 하지만 그렇게 되면 더이상 쓰지 않으면 그만이겠지요.

요즘은 전혀 그런 게 없습니다만, 언제 그렇게 될지 알 수 없는 거지요. 이 언저리의 혈관이 툭 끊어지면 순식간에 그렇게 되는 거 아니겠습니까. 알 수 없는 일이지만요. 의외로 툭 끊어지면 좋은 시를 쓸 수 있게 될 수도 있겠지요.(웃음)

하지만 10대 무렵의 시를 다시 읽어보아도 '죽음'이라는 단어가 제법 나옵니다. 그러니까 비교적 젊은 시절부터 죽음이라는 것은 무시할 수 없는 하나의 요소라고 해야 할지, 필요한 요소라고 느끼고 있었지 않나 싶어요.

≈ 어째서 그랬을까요? 어머니에게 사랑을 듬뿍 받았고, 행복한, 무엇 하나 아쉬울 게 없는 생활이었다고 하시지 않았습니까?

물론 그렇습니다만, 결국 그러한 현실의 일상생활만이 아닌, '산다'는 게 있지 않습니까. 그것은 아마도 산다는 것 전체를 파악하기 위해서는 죽음이라는 것을 계산에 넣어야 한다, 그리고 죽음을 시야에 넣지 않으면 산다는 것 전체를 파악할 수 없다는 사실을 비교적 젊은 시절부터 알고 있었기 때문이 아닐까 싶습니다.

≈ 그것은 다니카와 씨 내부에서 왜 그런지 모른 채로 감지하고 있었던 겁니까?

그런 게 아니었을까요. 죽음이란 고향으로 돌아가는 것, 뭐 그러한 시구를 쓰기도 했었으니까요.

≋ **다니카와 씨에게 시인으로서의 목표, 인생에서의 목표는 무엇입니까?**

시인으로서의 목표 따위는 없습니다만, 인생에서의 목표는, 이제는 즐겁게 건강하게 죽고 싶은 게 목표입니다. 노후의 즐거움은 역시 '죽는 것'이지요.

≋ **'죽는 것'?**

예. 왜냐면 전혀 다른 세계로 가는 거잖아요?

≋ **무섭지는 않으십니까? 불안감은?**

별로 무섭지 않습니다. 저는 어린 시절부터 제가 죽는 것

결국 그러한 현실의 일상생활만이 아닌,

'산다'는 게 있지 않습니까.

그것은 아마도 산다는 것 전체를 파악하기 위해서는

죽음이라는 것을 계산에 넣어야 한다,

그리고 죽음을 시야에 넣지 않으면

산다는 것 전체를 파악할 수 없다는 사실을

비교적 젊은 시절부터 알고 있었기 때문이 아닐까 싶습니다.

은 무섭지 않고 어머니가 죽는 것이 무서웠거든요. 그 뒤로는 사랑하는 사람이 죽는 것이 무섭고, 아내가 죽는 것이 무서웠어요. 그러니까 제 죽음보다 제가 사랑하는 사람들의 죽음이 무서웠던 거지요. 말하자면 제가 죽는다는 것은 제가 존재하지 않게 된다는 거잖아요?

그렇다면 죽음의 세계는 아무도 경험한 적이 없는 것이고, 아무도 그것에 대해 글을 남겨두지 않은 것이랄까, '이건 어쩌면 엄청나게 재미있는 것일지도 모르겠는걸' 하는 기분은 있습니다.

그래도 막상 병이 들어서, 뭐랄까, 다 죽게 되면 아프다든지 고통스럽다든지 여러 가지가 있으니까 역시 싫겠지만, 지금으로서는 비교적 건강하니까 '노후의 즐거움은 죽는 즐거움', 이런 말도 할 수 있는 게 아닐까 싶군요. 배부른 이야기입니다만.

〰〰 **확실히 아무도 가본 적이 없는 세계니까요. 다만 아무도 가본 적이 없는 세계니까 기대된다고 말할 수 있다, 그런 마음**

가짐은 어떻게 하면 얻을 수 있습니까?

그러니까 정말로 운이 좋은, 축복받은 인생을 살아온 거지요. 예. 정말로 그것은 누구에게 감사해야 좋을지 모르겠습니다만 고마워하고 있어요. 그래서 미련이 남는 게 아무것도 없습니다.

≋ 자…… 다니카와 씨에게 현재의 즐거움은 '죽는 것'…… '죽음이라는 세계'입니까? '죽는 것'은 아니겠지요?(웃음)

그, 그렇게 말씀을 하시면 조금은 '에, 그런가?' 하는 느낌이.(웃음)
그거 말고도 살아 있는 동안 즐길 수 있는 것이 아직 있으니까요. 아름다운 자연 속으로 여행을 한다든지. 하지만 '죽는다는 것'이 그렇게 불안하다든지 무섭다든지, 그런 것은 별로 없다는 말씀이지요, 마음이.

〰 '죽음'이라는 것에 대해 어두운 이미지를 품고, 기피해야 할 것이다, 가능하면 관심을 갖고 싶지 않다고 생각하기 쉬운 데요. 그러지 않고 좀더 긍정적으로 마주하면 다른 세계가 보인다는 말씀인가요?

그렇게 저는 생각하고 있고, 제가 쓰는 시 같은 데서도 그러한 형태로 '죽음의 세계'를 쓰고 싶다고 생각하고 있습니다.

시인으로서의 목표 따위는 없습니다만,
인생에서의 목표는, 이제는 즐겁게 건강하게 죽고 싶은 게
목표입니다. 노후의 즐거움은 역시 '죽는 것'이지요.

엄혹한 현실을 눈앞에 둔 시

2001년 9월 11일. 미국에서 벌어진 동시다발 테러 사건 뉴스가 전 세계를 강타했다. 다니카와 씨는 이 사건에 엄청난 충격을 받았고, 작품 하나가 탄생했다.

〰 20세기는 전쟁의 시대였고, 기다리고 기다린 21세기에는 전쟁이 끝나고 평화로운 시대가 오지 않을까 기대했는데, 느닷없이 9.11이 일어났다…….

9.11은 저에게 정말이지 트라우마로 남아 있습니다. 아무래도 제 딸이 현장 아주 가까이에 살고 있었던 점도 있고요. 저는, 그러니까 텔레비전보다 앞서 딸의 전화로 알았거든요.

뉴욕에서 딸이 전화를 해서는 서둘러 '저는 무사해요' 하는 겁니다. 순간 '뭐지?' 싶었지요. '텔레비전을 틀어보세요' 하길래 틀어보니 그런 상황이었어요. 그것도 있습니다만, 그 테러를 정말로 제가 어떻게 이해해야 할지 모르겠더군요.

〰 **그래서 탄생한 것이 「거부한다」라는 작품이군요? 그러면 낭송을 부탁드리겠습니다.**

시를 쓴다는 것

거부한다

산은
시가詩歌를
거부하지 않는다

구름도
물도
별들도

거부하는 것은
언제나
사람

공포로
증오로

요설饒舌로

≋ **고맙습니다. 역시 시인도 '지금 이 시대'와 무관한 채로 있을**
수는 없다, 다짜고짜 '너도 이 사실에 눈을 돌려', 그렇게 현
실이 잡아끄는 듯한 게 있는 것일까요?

그렇다기보다 늘 현실에 노출되어 있고, 어떻게 대항해
서 자기를 유지해가느냐, 그것이 아주 큰 문제이지요. 그
러니까 자칫하면 우울해질 수도 있어요. 신문을 읽거나
하면. 다만 저는 기본적으로 '사회 안에 사는 존재로서
의 인간과 우주 안에 사는 존재로서의 인간', 이런 식으
로 인간은 두 겹으로 살고 있다, 그렇게 생각하는 데가
있습니다.

우주 안에 사는 존재란, 인간은 일종의 자연自然이니까,
그 자연 존재로서의 인간. 그것은 사회라는 단위가 아닌
곳에서 살 수 있다, 그렇게 말하면 될지. 이미 과거에서

미래에 걸친 긴 시간의 흐름 속에서 자기를 생각할 수도 있고, 도시에서 벗어난 사막 안에 있는 자기, 그런 식으로 생각할 수도 있으니까. '자기의 활력' 같은 그러한 것을 소중히 여기며 '사회 안에서 정말로 트라우마가 되기 쉬운 사실이 잔뜩 몰려오는 것에 대항하자!', 그렇게 두 겹으로 생각하는 게 저에게는 도움이 되는 점이 있습니다.

저는 도쿄에 살고 있습니다만, 이제는 견딜 수 없이 자연 속으로 도망치고 싶을 때가 있습니다. 그럴 때는 2~3일이라도 자연 속으로 가면, 역시 활력이 회복되어 몸에 스미는 느낌이 듭니다.

≋ 나도 저 거대한 자연의 일부다?

그렇지요, 거기에 뭐랄까 나도 귀속歸屬되어 있다는 걸 몸으로 실감할 수 있다, 그럴 필요가 있다는 느낌이 드는 거지요.

볼거리로 치면, 텔레비전이라든지 이런저런 게임이라든
지 잔뜩 있으니까요. 그런 것에 정신이 팔려서, 자연은
뭐 없어도 좋다는 사람들도 있는 것 같습니다만. 요즘은
우울증 같은 것이 많지요? 그것은 역시 앞서 말씀드린
자연을 회복하고 싶다, 어딘가에 그런 숨겨진 욕구가 있
는 게 아닐까 싶은 거지요.

그렇다기보다 늘 현실에 노출되어 있고,
어떻게 대항해서 자기를 유지해가느냐,
그것이 아주 큰 문제이지요. 그러니까
자칫하면 우울해질 수도 있어요. 신문을 읽거나 하면.
다만 저는 기본적으로 '사회 안에 사는
존재로서의 인간과 우주 안에 사는 존재로서의 인간',
이런 식으로 인간은 두 겹으로 살고 있다,
그렇게 생각하는 데가 있습니다.

사람은 시정詩情을 찾는다

≈ 현실에서는 우울해질 만한 일이 매일같이 일어납니다. 그
속에서 시는 도대체 무엇을 할 수 있을까……, 어떻게 생각
하십니까?

일본어로 '시'는, 행갈이를 해서 쓴 시작품이라는 의미
와, 또하나 시정詩情(poesie), 이 두 가지 의미가 있다고 봅
니다. 이제 시작품은 상당히 힘을 잃었고, 시정은 시작품

뿐만 아니라 게임이라든지 만화, 영화나 텔레비전 같은 것에도 스며 있다고 생각합니다. 그러니까 시작품이 아니라 시정이라 생각하면, 오히려 그런 것에 대한 욕구가 강해진 거 아닌가, 저에게는 그렇게 보이는 것이지요. 그러니까 현재의 유행을 보면, 귀여운 것과 까불거리고 예쁜 것 따위잖아요. 그런 게 제 눈에는 시정에 대한 일종의 갈증으로 보이는 겁니다.

그러니까 시작품을 중심으로 생각하면 다소 쇠퇴한 느낌이 들겠지만, 시정이라는 면에서 생각하면 온갖 것에 시가 침투하고 있는 시대라고 생각할 수 있는 거지요. 산문적인 가혹한 현실이 있고, 그것에 어떻게 대항할 수 있을지를 모두 본능적으로 느끼고 대항하고자 하는 그런 면이 있는 겁니다. 물론 그것을 낙관할 수는 없지만요. 그러한 경향이 거꾸로 풍속風俗으로 흘러가버려, 인간의 현실에 제대로 다가서지 못하는 일이 생기지요.

시대가 얼마나 살벌해지든, 어떠한 시대가 되든, 인간의 혼이 시정을 찾는 경향은 없어지지 않는다고 저는 생각합니다.

≋ **그런 경향은 세계를 둘러싼, 어둡게 가라앉아갈 뿐인 현재 상황에서 더더욱 커질 거라는 말씀인가요?**

그렇게 생각합니다. 문학의 방향뿐만 아니라, 예를 들어 종교적인 것이라든지, 혹은 좀더 신비주의적인 것이라든지, 그런 것으로 갈 가능성은 물론 있겠습니다만, 저는 시정이라는 것을 아주 넓은 의미에서 파악하고 싶기 때문에, 그러한 것을 전부 한데 묶어, 대단히 가혹한 현실에 비해서 시정의 힘은 아주 자그마한 힘이지만, 폭력이나 재력, 권력 같은 강대한 힘에 대항할 하나의 '실마리'가 되리라 생각하고 있습니다.

≋ **미세하지만 결코 놓칠 수 없는, 놓칠 수 없는 힘으로……**

그렇습니다. 미세하기 때문에 눈치채지 못하고 있지만,

자연스레 인간의 마음과 몸속에 그러한 힘이 작동하고
있다, 그렇게 생각하고 싶습니다.

〰 **그렇다면 시의 역할은 여전히 크다……. 오히려 앞으로 점
점 커질 것으로 보십니까?**

그렇게 말씀하시면 좀 자신은 없습니다만.(웃음) 뭐랄까,
조금 바꾸어서 말하자면, 시는 하나의 힘을 줄곧 유지해
가리라 생각합니다.

〰 **오늘 긴 시간, 여러모로 고마웠습니다.**

저야말로 고맙습니다.

시대가 얼마나 살벌해지든,

어떠한 시대가 되든,

인간의 혼이 시정을 찾는 경향은

없어지지 않는다고 저는 생각합니다.

100년 뒤의 세상에 보내는 메시지

100년 뒤의 여러분,

아직 참치회 김밥 따위를 드십니까?

아직 지방 전통 맥주 따위를 마십니까?

아직 시 쪼가리를 읽습니까?

100년 뒤까지 살지 않아서

대답을 듣지 못하는 게 아쉽습니다.

지금, 행복하십니까?

다니카와 슌타로

시를 읽는다는 것

역자는 1988년에 대학에 들어갔다. 젊어서 죽은 어느 시인의 말을 빌리자면, 그곳은 '버려진 책들이 가득'하고 '나뭇잎조차 무기로 사용되'는 곳이었고, '목련철이 오면 친구들은 감옥과 군대로 흩'어지던 곳이었다.(기형도, 「대학 시절」) 최루탄에 쩐 대학 정문을 지날 때마다 눈물이 흘렀다. 김지하 시인은 '피만이 흐르네 더운 여름날의 썩은 피'(「새」)라고 노래했고, 최승자 시인은 '내가 살아 있다는 것, 그것은 영원한 루머에 지나지 않는다'(「일찌기 나는」)고 했고, 이성복 시인은 '아버지, 아버지…… 씹새 끼, 너는 입이 열이라도 말 못해'(「그해 가을」)라고도 했다. '그해 겨울이 지나고 여름이 시작되어도 봄은 오지 않'던 그런 시절이었다.(이성복, 「1959년」)

2015년에 다니카와 슌타로의 『시를 쓴다는 것』을 번역했다. 「산다」라는 시를 읽었다. '살아 있다는 것'은 '나뭇잎 사이로 비치는 햇살이 눈부시다는 것'이고 '문득 어떤 멜로디를 떠올리는 것'이고 '사람은 사랑한다는 것'이고 '당신 손의 온기'라 한다. 가을 햇살처럼 투명하고 상쾌하다. 그러나 '더운 여름날'을 보내며 '내가 살아 있다는 것, 그것은 영원한 루머에 지나지 않'던 시절을 보낸 나는 편치가 않다. 이 책에는 실려 있지 않지만, 다니카와 슌타로의 「서글픔」이라는 시가 생각난다.

　서 파란 하늘의 물결소리가 들리는 언저리에서

뭔가 엄청난 것을
나는 잃어버리고 만 것 같다

투명한 과거의 역에서
유실물 센터 앞에 서 있자니
나는 왠지 슬퍼졌다

2015년 8월 24일 역자

시를 쓴다는 것

일상과 우주와 더불어

초판 1쇄 발행 2015년 9월 14일
초판 2쇄 발행 2023년 5월 1일

지은이 다니카와 슌타로 | **옮긴이** 조영렬

편집 최연희 정소리 | **디자인** 최정윤 | **저작권** 박지영 형소진 오서영
마케팅 배희주 김선진 | **브랜딩** 함유지 함근아 김희숙 고보미 박민재 정승민 배진성
제작 강신은 김동욱 임현식 | **제작처** 영신사

펴낸곳 (주)교유당 | **펴낸이** 신정민
출판등록 2019년 5월 24일 제406-2019-000052호

주소 10881 경기도 파주시 회동길 210
전자우편 gyoyudang@munhak.com
전화 031-955-8891(마케팅) | 031-955-2692(편집) | 031-955-8855(팩스)

인스타그램 @gyoyu_books | **트위터** @gyoyu_books | **페이스북** @gyoyubooks

ISBN 979-11-92968-13-1 03830